AF469811

10 Février 1913

TAPISSERIES ANCIENNES

DES XVIe, XVIIe ET XVIIIe SIÈCLES

FAIENCES ET PORCELAINES
ANCIENNES

GRAVURES ANCIENNES

OBJETS D'ART ET D'AMEUBLEMENT

CATALOGUE

DES

TAPISSERIES ANCIENNES

DES XVIe, XVIIe ET XVIIIe SIÈCLES

FAIENCES ET PORCELAINES

ANCIENNES

Gravures Anciennes

OBJETS D'ART ET D'AMEUBLEMENT

DONT LA VENTE AURA LIEU

HOTEL DROUOT, SALLE N° 6

LE LUNDI 10 FÉVRIER 1913

à deux heures

COMMISSAIRE-PRISEUR

Me ANDRÉ DESVOUGES

Successeur de M. Maurice DELESTRE

rue de la Grange-Batelière, 26

EXPERT

M. ÉDOUARD PAPE

Expert près le Tribunal civil de la Seine

rue du Faubourg-Saint-Honoré, 174

EXPOSITION PUBLIQUE

Le Dimanche 9 Février 1913, de 2 heures à 6 heures

CONDITIONS DE LA VENTE

Elle sera faite au comptant.

Les adjudicataires paieront *dix pour cent* en sus des enchères.

L'exposition mettant le public à même de se rendre compte de l'état et de la nature des objets, aucune réclamation ne sera admise une fois l'adjudication prononcée.

Paris. — Imp. de l'Art, Ch. Berger, 41 rue de la Victoire

DÉSIGNATION

TABLEAUX ANCIENS

ÉCOLE DE FONTAINEBLEAU (Attribué à l')

1 — *Portrait de Femme.*

ÉCOLE FRANÇAISE (Attribué à l')

2 — *Petit Portrait de Femme.*

ÉCOLE FRANÇAISE (XVIIIe siècle)

3 — *Le Jour.*

— *La Nuit.*

Deux marines se faisant pendants.

ÉCOLE HOLLANDAISE

4 — *Moulin à eau au bord d'une rivière.*

ÉCOLE HOLLANDAISE

5 — *Cascade.*

GRAVURES ANCIENNES

APPIANI (D'après)

6 — *Bonaparte Premier Consul.*

Belle épreuve imprimée en couleurs, par MORET.

BAUDOIN (D'après)

7 — *Le Goûter.*

Épreuve imprimée en couleurs, par BONNET.

BAUDOIN (D'après)

8 — *Sa taille est ravissante..*

Belle épreuve, par LE BEAU.

BIGG (D'après W. R.)

9 — *Black Monday or the Departure for School.*

— *Dulce Domum or the Return from School.*

Très belles épreuves, par JOHN JONES.

BOILLY (D'après L.)

10 — *Les Conseils maternels.*

Épreuve coloriée, par TRESCA.

BOILLY (D'après L.)

11 — *Le Cadeau.*

Épreuve coloriée.

BONNET (Louis-Marin)

12 — *La Belle toilette.* n. 870 — 1230 S de Ricci pour R. Schumann

— *La Belle cachette.* n. 869

Très belles épreuves imprimées en couleurs, toutes marges.

BOREL (D'après)

13 — *L'Indiscret.* — 160

Par Dequevauviller.

BOUCHER (D'après)

14 — *Deux planches d'ornements, cadres rocaille contenant des bergeries.* — 130 Gosselin

Par Huquier.

CARÊME (D'après)

15 — *Le Réveil du Carlin.* — 36

Par Carrée.

CIPRIANI (D'après)

16 — *Deux Bustes de Femmes.* — 210 Dedreux

Epreuves imprimées en sanguine, par Bartolozzi.

COMPAGNIE (J.-B.)

17 — *L'Amour précepteur.* — 9

COSWAY (D'après)

18 — *Her Royal Highness the Duchess of Cumberberland and Strathern.* — 90

Par Skerwin.

DEPAIN (Chez)

19 — *Coiffure à l'Espoir.*

— *Coiffure à la Nation.*

Deux épreuves coloriées.

EISEN (D'après Ch.)

20 — *Les Désirs satisfaits.*

Par Patas.

FRAGONARD (D'après)

21 — *La Cachette découverte.*

Par R. de Launay.

GÉRARD (D'après Mlle

22 — *Le Défenseur officieux.*

Par Benoist et H. Gérard.

HUCK (J. Gerhard)

23 — *The Mouse-Trap.*

Par Thomas Park.

HUET (D'après J.-B.)

24 — *L'Amant pressant.*

Épreuve imprimée en couleurs, par A. Legrand.

HUET (D'après J.-B.)

25 — *L'Heureux chat.*

Épreuve imprimée en couleurs, par Bonnet. Grandes marges. Légères réparations.

HUET (D'après J.-B.)

26 — *La Jarretière.* n. 961

Epreuve imprimée en couleurs.

HUET (D'après (J.-B.)

27 — *Vue de l'Intérieur d'une ferme.* rogné en bas

Gravure imprimée en couleurs, par JUBIER.

LE CLERC (D'après)

28 — *Bustes de Femmes.*

Epreuves imprimées en couleurs, par BONNET. Remmargées et réparées.

LAWREINCE (D'après)

29 — *Le Contretemps.*

Par DEQUEVAUVILLER.

MOREAU LE JEUNE (D'après)

30 — *La Course de chevaux.*

Par GUTTENBERG.

PANNINI (D'après J.-P.)

31 — *Vestiges d'un Temple de la Grèce.*

Epreuve imprimée en couleurs. Doublée.

PANNINI (D'après J.-P.)

32 — *Les Restes d'un Palais égyptien.*

Epreuve imprimée en couleurs.

RAMBERG (J.-H.)

33 — *Danses.*
Épreuve coloriée.

ROMNEY (D'après G.)

34 — *Lady Hamilton.*
Épreuve imprimée en couleurs.

SCHALL (D'après)

35 — *Le Modèle disposé.*
Par A. CHAPONNIER.

VERNET (D'après CARLE)

36 — *Le Coup de Vent.*
Épreuve imprimée en couleurs, par DEBUCOURT.

WESTALL (D'après R.)

37 — *Innocent Miochief.*
Gravure imprimée en couleurs, par BONNEFOY.

FAIENCES ANCIENNES

38 — **Allemagne**. Paire de très petites bouteilles, décorées de fleurs polychromes.

39 — **Allemagne**. Cheval se cabrant. Décor polychrome.

40 — **Delft**. Deux assiettes, décor camaïeu bleu.

41 — **Delft**. Paire de potiches couvertes, décor camaïeu bleu, présentant, dans un cartouche entouré de fleurs, un jardinier bêchant.

42 — **Delft**. Beurrier, décor polychrome de fleurs. Rehauts d'or. Un escargot posé sur une feuille le termine.

43 — **Deruta**. Coupe à piédouche, ornée au fond d'un buste de femme vu de profil. Décor polychrome de feuilles, oves et ornements stylisés à reflets métalliques.

44 — **Est**. Deux plats, décor polychrome de bouquets de fleurs.

45 — **Hanau**. Assiette, représentant Hercule et le lion de Némée.

46 — **Milan**. Deux assiettes, décorées en bleu, rouge et or de bouquets de fleurs.

47 — **Midi**. Assiette à bords dentelés, décorée au fond d'une scène polychrome : Amphitrite sur son char.

48 — **Midi**. Assiette du même service, dont le sujet est : Orphée charmant les animaux.

49 — **Moustiers**. Plat. décoré de grotesques, oiseaux et fleurs.

50 — **Moustiers**. Plat analogue.

51 — **Nevers**. Deux assiettes, décorées de sujets allégoriques polychromes : l'Hiver et le Printemps, avec inscriptions et dates.

52 — **Niederwiller**. Grand plat à bords mouvementés. orné de bouquets de fleurs polychromes.

53 — **Rouen**. Plat long à bords contournés, décor polychrome d'oiseaux, papillons et double corne.

54 — **Rouen**. Assiette, décorée en camaïeu bleu de guirlandes et cartouches.

55 — **Rouen**. Assiette analogue.

56 — **Rouen**. Plat rond à bords contournés, orné au fond de fleurs et branchages et au marli de lambrequins à réserves quadrillées. Décor polychrome.

57 — **Rhodes**. Plat, décor polychrome de branchages et fleurs stylisées.

58 — **Rhodes**. Plat plus petit.

PORCELAINES ANCIENNES

59 — **Allemagne.** Cabaret, composé de : cafetière, théière, pot à lait, boite à thé, douze tasses et leurs soucoupes, décoré de bouquets de fleurs polychromes.

60 — **Chantilly.** Bol à bords dentelés et verseuse, décorés de fleurs, épis et branchages polychromes.

61 — **Chine.** Petit plat dont les réserves sont décorées d'oiseaux et d'un chien camaïeu bleu.

62 — **Chine.** Deux assiettes, même décor.

63 — **Chine.** Assiette, décor polychrome d'oiseaux et branchages. Époque Kang-shi.

64 — **Chine.** Plat, décoré sur un fond vert de fleurs et branchages bleus et rouges. Époque Kang-shi.

Diam., 37 cent.

65 — **Chine.** Petit plat creux, décoré de poissons et emblèmes polychromes. Époque Kang-shi.

66 — **Chine.** Paire de grands vases, décorés de personnages et d'arbres polychromes. Époque Ming.

Haut., 53 cent.

67 — **Chine**. Plat, décoré au marli de réserves fleuries et au centre de vases, d'oiseaux et de chrysanthèmes polychromes.

68 — **Chine**. Vase à panse ovoïde, à col légèrement évasé, presque entièrement recouvert par des combats de guerriers, des arbres et des paysages polychromes. Époque Kang-shi.

69 — **Chine**. Deux soucoupes, décor polychrome.

70 — **Chine**. Grand bol couvert, décor camaïeu bleu.

71 — **Chine**. Petit vase céladon. Base bronze doré. Style Louis XVI.

72 — **Frankenthal**. Statuette de chasseur se préparant à jouer du cor. Marque Carl Théodore.

73 — **Hœchst**. Statuette de jeune garçon portant la main droite à ses lèvres.

74 — **Hœchst**. Corbeille ajourée et décorée de myosotis et de fleurs en relief. Décor polychrome.

75 — **Hœchst**. Statuette de jeune garçon assis sur un tertre de mousse et s'appuyant de la main gauche sur un tronc d'arbre.

76 — **Hœchst**. Statuette d'enfant jouant du tambour de la main gauche, et, de la main droite, tenant une corne dans laquelle il souffle.

77 — **Hœchst**. Huilier et ses burettes, décorés de paysages et de sujets Teniers en camaïeu rose.

75

80

76

[illegible]

[illegible] [illegible]
[illegible]
[illegible]

[illegible] [illegible]
[illegible]
[illegible]
[illegible]

[illegible] [illegible]

[illegible] [illegible]
[illegible]

[illegible]
[illegible]

[illegible]
[illegible]

[illegible]
[illegible]

[illegible] [illegible]
[illegible]

[illegible] [illegible]
[illegible]
[illegible]

[illegible] [illegible]
[illegible]
[illegible]

[illegible] [illegible]
[illegible]

73

75

79

80

81

76

97

78 — **Hœchst.** Statuette blanche de petite fille tenant une chaufferette.

79 — **Hœchst.** Statuette de jeune homme dansant et tenant une guirlande de fleurs qu'il a passée derrière sa tête.

80 — **Hœchst.** Statuette de jeune garçon assis, le corps à demi-penché, le bras droit appuyé sur un tronc d'arbre et esquissant un geste d'appel de la main gauche.

81 — **Hœchst.** Statuette de jeune fille assise sur un tertre et levant la main droite en baissant légèrement la tête. Elle est vêtue d'une jupe à fleurettes et d'un tablier sur lequel un petit oiseau est posé. (Pendant du précédent.)

82 — **Hœchst.** Sucrier à deux anses et quatre pieds, décoré en camaïeu rose de guirlandes de fleurs et scènes enfantines.

83 — **Japon.** Bouteille, décorée en bleu, rouge et or de fleurs et arbustes.

84 — **Locré.** Statuette de jeune femme, le bras droit appuyé sur une corbeille de fleurs. Biscuit.

85 — **Louisbourg.** Statuette de villageois, élevant en l'air une grappe de raisin.

86 — **Mennecy.** Pot à crème côtelé. Décor de fleurs polychromes.

87 — **Mennecy**. Paire de petits vases, forme Médicis, et leurs socles en ancienne pâte tendre. Bouquets de fleurs polychromes.

88 — **Mennecy**. Vase, même décor, plus grand.

89 — **Nast**. Petit pot de toilette, décor de fleurs polychromes.

90 — **Saxe**. Sucrier, décoré de fleurs polychromes, dont le bouton est formé d'un lapin.

91 — **Saxe**. Statuette de guerrier debout, la main gauche appuyée sur un bouclier.

92 — **Sèvres**. Statuette de petit pâtissier en ancien biscuit.

93 — **Sèvres**. Petite écuelle à anses et son plateau, décorée de bouquets de fleurs polychromes.

94 — **Sèvres**. Tasse droite et sa soucoupe, décorées de bouquets de fleurs polychromes.

95 — **Vienne**. Statuette de jeune femme, tenant des fleurs de la main gauche.

96 — **Zurich**. Statuette de fillette jetant du grain à des poules et à leurs poussins.

97 — **Zurich**. Statuette de femme, tenant sous son bras droit un chat, après lequel aboie un chien.

OBJETS DE VITRINE

98 — Montre en argent, ornée de fleurs et feuilles en relief. Époque Louis XV.

99 — Montre en cuivre gravé. XVIIIe siècle.

100 — Montre en or à zone ajourée. Fin du XVIIIe siècle.

101 — Montre en cuivre, dans un étui en galuchat. Londres, XVIIIe siècle.

102 — Montre plate à répétition, à sujets et attributs guerriers.

103 — Grosse montre en cuivre, à sujets mythologiques. XVIIe siècle.

104 — Grosse montre en cuivre. XVIIe siècle.

105 — Montre plate en cuivre guilloché. Fin du XVIIIe siècle.

106 — Montre en or émaillé bleu, offrant un petit médaillon orné d'un oiseau. Fin du XVIIIe siècle.

107 — Montre en or en partie ajourée et ornée d'une figure de Cérès dans un cartouche rocaille. Époque Louis XV.

108 — Montre en or, ornée de trophées, drapeaux et motifs rocaille. Époque Louis XV.

109 — Montre en or émaillé, présentant une femme assise caressant un mouton. Fin du XVIIIe siècle.

110 — Montre en or, présentant sur fond bleu un médaillon de femme vu de profil.

111 — Montre en or, présentant un profil de personnage lauré sur fond rouge. Époque Louis XVI.

112 — Montre en or. Époque Louis XVI.

113 — Montre en or, décorée de fleurs émaillées polychromes. Époque Louis XVI.

114 — Montre en or, présentant un amour volant au-dessus d'un autel. Époque Louis XVI.

115 — Petit livre dans son étui : Étrennes intéressantes des quatre parties du monde.

116 — Lorgnette, sujets dorés sur fond rouge. Époque Empire.

117 — Coffret en cuivre gravé. Ancien travail de Nuremberg. XVIe siècle.

118 — Miniature ronde, représentant un homme assis, le visage presque de face, vêtu d'un habit puce. Signée : *J.-J. Augustin, 1791*. Fin du XVIIIe siècle.

119 — Miniature ronde : Portrait d'homme, vu de trois-quarts à gauche, et vêtu d'un habit bleu. Signée : *Sené*, XVIIIe siècle.

BRONZES

OBJETS VARIÉS

120 — Petite pendule, formée d'un sanglier en bronze patiné supportant un cadran en bronze ciselé et doré, d'où partent des branchages ornés de fleurs en porcelaine. Base en bronze ciselé et doré. Époque Louis XV.

121 — Petite pendule en bronze ciselé et doré, dont la base, ornée d'un chien de Fô en vieux Chine, supporte une branche entourant un cadran. Époque Louis XVI.

122 — Petit nécessaire à ouvrage, en forme de piano à queue. Commencement du XIXe siècle.

123 — Surtout en trois parties, à galerie. Époque Louis XVI.

124 — Trois panneaux en bois sculpté. XVIe siècle.

SIÈGES ET MEUBLES

125 — Quatre chaises et un fauteuil en bois sculpté. Époque Louis XV.

126 — Canapé, à dossier mouvementé, et six fauteuils. Dossiers et sièges cannés. Époque Louis XV.

127 — Petite vitrine en bois de rose marqueté de fleurs. XVIIe siècle.

128 — Petite table en palissandre et filets de citronnier, munie de deux tiroirs. Le dessus, mobile, forme pupitre. Commencement du XIXe siècle.

129 — Chevalet en acajou.

130 — Table Tronchin en acajou, ornée d'une ceinture et d'une entrée en cuivre. Époque Louis XVI.

131 — Régulateur en bois de placage. Époque Louis XVI.

132 — Grand et beau paravent à sept feuilles en acajou mouluré, dont le bas présente des panneaux pleins et dont la partie supérieure est vitrée. Époque Louis XVI.

133 — Lit en chêne sculpté, à accotoirs mouvementés ornés de volutes et graines. Ceinture à entrelacs et fleurs. Commencement de l'époque Louis XVI.

134 — Bureau plat en bois de rose, à bords contournés et pieds cambrés. Ceinture, entrées, chutes et sabots en cuivre. Époque Louis XV.

TAPISSERIES ANCIENNES

135 — Grande tapisserie à nombreux personnages : Présentation d'une princesse à un monarque. XVIIe siècle.

Haut., 2 m. 85 cent.; larg., 3 m. 90 cent.

136 — Grande tapisserie à nombreux personnages, présentant un départ pour la chasse. En haut, dans un cartouche, une inscription latine. XVIe siècle.

Haut., 3 m. 50 cent.; larg., 4 m. 55 cent.

137 — Tapisserie, présentant au premier plan un arbre sur lequel ont grimpé deux écureuils. Au second plan, un pont de bois sur une rivière. Lointain clair et montagneux. Flandres, XVIIe siècle.

Haut., 3 m. 05 cent.; long., 4 m. 90 cent.

138 — Tapisserie tissée d'or et d'argent, présentant un Sacrifice antique. Devant un autel d'où jaillissent des flammes, un mouton est étendu, les pattes liées. A droite, le grand prêtre, richement vêtu d'habits brodés d'inscriptions grecques, pose la main gauche sur un bouc qu'il semble désigner de la main droite au sacrificateur. Derrière lui, un autre personnage tient par les cornes un taureau au cou enguirlandé de fleurs. Dans le fond, à droite d'un palais à riches colonnades, scène de lapidation. Flandres, fin du XVIe siècle.

Haut., 2 m. 75 cent.; long., 2 m. 60 cent.

139 — Tapisserie, présentant au premier plan un cavalier qui sonne du cor, tandis que non loin de lui son compagnon, que semblent attendre deux jeunes écuyères, trinque avec un gentilhomme, à qui un nègre présente l'étrier. Au second plan, dans un petit pavillon qui fait partie d'une habitation boisée et fleurie, des personnages devisent ou se lutinent. A gauche, des cavaliers se dirigent vers une porte d'enceinte que l'un d'eux va franchir. Lointains clairs. Aubusson, XVIIIe siècle.

Haut., 2 m. 65 cent.; long., 4 m. 20 cent.

140 — Objets omis.

www.ingramcontent.com/pod-product-compliance
Ingram Content Group UK Ltd.
Pitfield, Milton Keynes, MK11 3LW, UK
UKHW021316190726
13839UKWH00007B/1901